歌集　たまゆらの夏～～目次

カラス

夢でよし大きなる息吐きてわれ姑《はは》をそしりし声に目が覚む

おもむろに粘着性の薄ら日が差しきて暑し休日のけふ

山茶花が好きと言ひたる人よりの電話を疎《うと》む数日の間《かん》

死にすれば無存在となるものを御霊《みたま》まつると寂しき行為す

すべなくて主婦とふ文字を書きこみし職業欄の余白の多き

ひつたりと肌に水気《すいき》をまつはらせ現《うつ》し身《み》われの飲食《おんじき》のさま

ソーセージのセロハンもともに食ひちぎりわれの昼餉《ひるげ》の終はりたり

夏の気は淀みてわれを包むべし遣るせなきもの息を張りをり

電線の弛《たゆ》みて少し危ふきに数分間を動かぬカラス

ひとりなるわが午後のときをかつかつと雨が何かに音《と》を立てて降る

たまゆらの夏

見えざるを見ゆるごとくに見ひらきて嬰児《みどりご》の目の何を捉へむ

まなじりに涙を置きて眠る子の涙を拭《ぬぐ》ふことさへ知らぬ

腕のなか泣き寝したるをふと笑まふ花ならば何《なん》の花ならむ子は

乳呑むとひとしきり子の噎《む》せにつつ咳きつつあはれ乳を頰張る

泣き返る子の体温がゆるやかにわが体温となりゆく長さ

子は翅《はね》を休めゐる蟬、大木《おほき》なるその乳の実の父に抱《いだ》かれ

わが頰に手触《たふ》りて眠りに入りてゆく夜夜《よよ》を子の見る夢なんの夢

＊
＊
＊

反省と声をかくれば大人しく頭垂《かうべ》れをり子はいつまでも

蒲公英《たんぽぽ》の絮《わた》飛ばさむと吹きかくる子の息やさし小風《こかぜ》となりて

子が降らす如雨露《じょうろ》の雨のほつほつと苺畑を濡らして止みぬ

われの引く影にいつしか入り込み子は歩みをり叱られたるを

いかばかり重たかりけむランドセル背負ひたる子が仰《の》けに倒れぬ

学校へ送り出しやる子がふたり揃ひて角に振り返りゆく

水のやうな空を描く子の何思ふ一朶《いちだ》の雲となりて眠れり

夕日影こばみて花を閉ざしゆく蒲公英のごと思春期の子の

＊
＊
＊

いくそたび時刻表見て時計見ていくつ列車の発着の音

日盛りを町の駅舎に涼みをり子が乗る列車ほどなく着かむ

合掌造りの家並《やなみ》をそれて睡蓮の花咲くほとりイーゼルを据う

日照り雨ふりいでにけり描きかけの子のカンヴァスに傘さしかけぬ

チュニックの花柄花《はな》めき吹き過ぐる風を孕《はら》みて子が膨張す

唐突にわが死に顔を描きたしと言ひ出づる子の屈託のなさ

豊かなる闇とし思ふ夜をひとり空也《くうや》上人《しやうにん》像かきつづく子は

しんしんと月の明るきあかときを自転車にゆく子は着膨《きぶく》れて

冬の日が昇りぬ電車に二時間を揺られゆく子はどの駅過ぎし

＊＊＊

舞ひ込みし子の音信と風花と鬱鬱《うつうつ》たると哀哀《あいあい》たると

電話かくれど繫がらざりき群肝《むらぎも》のこころを何に閉ざしゐる子は

思《も》ひ沈む子にわが心添はせむと聴く今どきの若きらのうた

言葉少なくなりて久しき子がふいに握手をせむと手を差し出せり

母われと心を病む子と嫁ぎゆく子とむきむきに朝の化粧《けはひ》す

アパートへ明日帰る子がねもころに髪編みてをり今日帰る子の

花冷えにならむ明日よりしらたまの子と母われと姓を異にす

わたくしの内なる一樹、小鳥数羽やどらせて今たまゆらの夏

ふり向けば夏──

ワイシャツの縞目《しまめ》が風に歪みをり雨後の日差しの連れこし風に
乾けるをなほ日に晒すワイシャツの無言の行《ぎやう》のやうなるさまは

紫陽花の色満ちきたる午後にして再入院を告げたり夫《つま》は

街川に架かる小橋《こばし》を渡らむと道ゆづり合ふわれと蛇《くちなは》

染色工場《こうば》の傍《かたへ》のカンナきしきしと音するやうな黄に咲きにたり

すくと茎のび上がれるを舌垂れて喘《あへ》げるやうな花もつカンナ

家禽《かきん》くさき君にからだを重ねたき衝動は病室に昼闌《た》けてより

夜《よ》はひとり『岳《がく》物語』とふ本を読まむと思ふ夫《つま》の書棚の

いつまでも掛けおく夫《つま》の作業服いなづま走る夜半《よは》にはづしぬ

暁闇《げうあん》にいくすぢ深き裂傷を負はせて雨のなほ降りしくか

ふり向けば夏――濃淡も強弱もなきひと色の白とし暮れぬ

風

日の中を風が横切り過ぎしゆゑ俯《うつむ》きがちに歩みて来《きた》り

空は窓のかたちと広さ千切れ雲ながされてゆき見えなくなりぬ

インフォームド・コンセントかく美しき言葉の響きわれは親しまず

歩合もて母のいのちの危ふさを告げおきて医師は歩み去りたり

春の夜のたらちねの母のまいのちのおぼろおぼろに生きゐてかなし

いつしらに木木をめぐりて吹きてゐる風に終りはあるのだらうか

「永遠」

レントゲンに撮りたる肺のほの白き一つは呼吸してをらぬとぞ

潤《ほと》びたる雨後のカンナの黄の大き花びらのうへ蛞蝓《なめくぢ》が這ふ

哀歌、凱歌《がいか》なく蟬のこゑ白日の空のうつろを満たしたり

伸べし手を真日《まひ》にかざせば来《こ》し方《かた》の見ゆるよろしきことばかりなり

父と食《たう》ぶるアイスモナカのほのぼのと甘きかな彼《か》の過ぎゆきのごと

＊＊＊

モルヒネを打ちてほとほと異なれる時空に父のさびしく在《おは》す

病む者は午睡に入りぬひとりわれは固体のやうな静けさにをり

ちひさなる灯は円《まど》かにし秋の夜を照らせり何《なん》のものがたりせむ

夜が来《きた》りすなはち明日《あす》の朝も来《こ》むかならず来むよと言ひ交したり

注射もて痛み宥《なだ》むる真夜中の闇のどこかに切れ目はないか

＊
＊
＊

雪雲が空をふさぎて動かざる日のうつうつと冬に入りゆく

山茶花が零《こぼ》れつぐなり断ち切れぬ思ひのごとき蕊《しべ》をのこして

相病《あひや》まふ父母がみじかき面会は童子童女のごと清らなる

笛鳴らしゐるは海風身をよぢり吹くらし何の悲しみに耐ふ

歳晩の夜の街ゆくに灯の色を路上にこぼし雨降る　しづか

年祝《ほ》ぐと黄金《きん》の数の子歯にさやに味はひいます父はベッドに

＊
＊
＊

二月なるあめつち寒しすんすんと御母衣《みぼろ》湖の辺《へ》にあそぶ雪風

大き波のうねりのごとし合掌造りの屋根が被《かづ》ける雪の真白は

億万の雪の結晶ねむらせて一村《いつそん》冬の底ひにありぬ

塵ゆゑに塵に還ると言ひたりし一人《いちにん》の死のおだしかりけり

神が人のこころの中に置きしとふ「永遠」そつと置きたまひけむ

神無月

神無月《かみなづき》かみなし悲しみ互《かた》みにし触れがたくゐて別れの来《きた》る

ま青《さを》なる空にふはりと亡き母の吐息のやうな雲が浮きをり

食べて何になるかと言ひて飲食《おんじき》を拒みし母の最期と聞けり

蜜柑

蜜柑あやふき均衡をもて積み上ぐる冬の遊びの寂しからずや

父母《ちちはは》が言葉かはさぬ冬の夜を灯すごとくに蜜柑はありき

眠りに落ちゆくまでの遊《すさ》びにて闇のおもてに父母《ふぼ》を素描す

パーマ緩くかけたる母がタクシーに訪ひ来ぬ黄泉平坂《よもつひらさか》越えて

ぬばたまの夢の中なる仄明りわれより若き母が立ち居す

夢にても父は死者にて夢にては生者《しやうじや》の母に弔《とぶら》はれをり

死者生者ともに集へる夢さめて現《うつつ》のわれの夜床《よどこ》にひとり

雪待月《ゆきまつつき》

寒空に枝差しのべてゐる柿の一樹十《いちじゆと》あまり熟れ実を残す

空き箱のやうなる屋内《やぬち》のここかしこ顕ちては消ゆる面影いくつ

人住まぬ家に雪垣めぐらせば人住まふごとあたたかに見ゆ

雲うすれて明るき空ゆ幸福《かうふく》の断片のごと雪は降りくる

すれ違ふ故郷人《ふるさとびと》のいくたりか吾《あ》に気づかねばわれは旅人

雪月《ゆきづき》のいたりて雪待月《ゆきまつつき》すぎぬ時間が消えてゆく静やかに

＊
＊
＊

冷え冷えと日の入るころを故郷《ふるさと》の父母の家《や》こぼち終へたりと聞く

夜《よる》の信号機

一人《いちにん》の死を悼《いた》みあふ電話にて耳うつすらと汗ばみゐたり

一人《いちにん》がみまかりし夕《ゆふ》にんじんを千《せん》に刻みてゐたりきわれは

ひらひらと喪服の裾を揺りてゆく風あり若葉を渡りこし風

噴水のしぶきが風に吹かれをり逆光線に見るとき美《は》しき

地下街に方位うしなひ青丹《あをに》よし奈良漬を売る店をまた過ぐ

つばめつばめ街さへ風さへ麗しき五月を春日井建ゆきぬ

見知るひと見知らぬひとの集ひゐるフロアあまたの孤影を映す

みどりごを亡くせし経緯つばらかに認《したた》めこしは秋の立つころ

暑気のこる九月尽日《じんじつ》ではまたとビルの五階にしたるさよなら

冥福を祈るといへど死にたるにその後のありや来世《らいせ》のありや

一人《いちにん》の葬《はぶ》り終へきて地下街に遅きランチを食《た》うべぬ友と

現し身は夕かたまけてあらあらと喪の服を脱ぎ悲しみを脱ぐ
ここ過ぎて入りゆかむ界ありやなし赤ぬれぬれと夜《よる》の信号機

謀叛

うしろより歩み来《きた》りてわが影にかぶさるごとく影を置く、誰

車上よりわれを見下ろす目のいくつ寸時ののちを走り去りたり

エンジンの音を残してたちまちにわれの視野より消えし一台

ながながと横断歩道の上《へ》にのびしわが影まなく轢《ひ》かれたり

張り裂けさうと手を当つる胸かなしみに沸点あらば何噴き出《い》だす

一粒の雨の落下を見てをりぬ再びここに降る雨あるな

雨のうへに雨降りつぎて一粒の雨の処女地の侵されにけり

昨夜《よべ》われが狂ひしやうに訴へしこと何を生み何をうしなふ

雨晴れて明るき午後をほろほろと木木は涙のごときを落とす

風荒きコスモス畑《ばたけ》のコスモスの謀叛くはだてゐるやうな揺れ

脱皮

霜月《しもつき》の今日あたたかき光降り街は人肌ほどの温もり
黄葉《くわうえふ》の一様《いちやう》ならずユリノキの広葉《ひろば》が残すうすすうすの青

生い立ちに触るれば両の手のひらに耳を蔽《おほ》ひき昨夜《ゆうべ》の夫《つま》は

二十年を知らざりにけりわが夫に往き来を絶ちし母いますこと

原戸籍の写し一葉《いちえふ》たづさへてゆく岐阜の街、模型のごとし

光りつつ秋の白雲《しらくも》ながるるを庁舎の窓に見てをりしばし

拾ひきて捨てかねてゐるユリノキの葉を翳《かざ》しゆく秋日《あきび》まぶしみ

橋の上《へ》に濃き影ひとつづつ置きて下校の子らが川のぞきゐる

今バスに来た道徒歩にもどりゆく橋詰《はしづめ》に見し交番までを

堤《つつみ》より石の階段《きざはし》おりゆきて生母が生まれしとふ町に入る

その母に逢はぬと決めし少年の日が夫《つま》にあり人づてに聞く

夕せまり雲行き速し路地ぬけて帰らむをふと帰路みうしなふ

＊
＊
＊

朝なさな夫《つま》が脱ぎ捨てゆくパジャマ脱皮ののちの皮殻《ひかく》のやうな

ゑのころ草《ぐさ》

夕風にゑのころ草の百の穂の百の弧《こ》ゆるる車道のほとり

風を受け風を送りて百千《ひやくせん》のゑのころ草の穂の揺れやまぬ

言ひさして後言《あと》はざりしあの時の言ひたかりけむ言葉を思ふ

青年期以前の夫《つま》を知らざりき母への思慕をひとり絶ちたる

降り出でて舗道の上《うへ》に斑《ふ》をゐがく十一月の雨しづかなり

もう縁《えにし》切れたるものをと言ふ夫《つま》の面差しいたく生母に似てをり

夫には告げず夫の生母へする便り折りふし夫の写真を添へぬ

気を張りて一日《ひとひ》ゆきゆくまた一日凡夫《ぼんぷ》凡婦《ぼんぷ》のゆくゆくありて

追憶

なぜ君に逢つたのだらうなぜ我でなければならなかつたのだらう
わが返すともしき言葉なぞりつつ岐阜の街の灯ながめゐる君

追憶のなかぞらなれば無色《むしき》にて動画のやうな二人を配す

吹雪く夜を傘かたむけて汝《な》を訪ひし二十歳《はたち》のわれの体内熱量

寒き街い行くと君はポケットに手を差し入れつわが手もろとも

吹き溜りそこにもありて花終はる寂しきときを花人《はなびと》われら

散りしける花びら風の吹くたびに舗道を走り舗道を渡る

何思ひ惑ひつづくるしがみつくやうに梢に残れる一花《いっくわ》

あたたかき君の手は取らむ九頭竜《くづりゅう》の風は四月の陽光《ひ》を切りて過ぐ

ゆつくりとゴールテープを切るやうに大き雲いま電線を越ゆ

六弁の花はれやかにここだ咲きあなたこなたに向かふ君の瞳《め》

風の道

映画みて帰る夜《よ》の道風の道さすらひびとのごとくにわれら

夫《つま》とわが足音《あおと》がきざむ律動に差異あり差異があやなす足音

しろじろと万の灯ともす六層の立体駐車場あやしからずや
逃避行の途次ならいかによからむと空想はとりとめなく広がれり
ほしいまま闇を奪ひて咲く花の悲運なげけるやうな灰白《くわいはく》

闇まるく映してカーブミラー立てりいづれの闇を切り取りたりし

見世物のごときわれらにありたりと訴へしより悲《ひ》を共有す

贈られし一本《ひともと》の薔薇ふりにつつ愛恋ゆ哀恋へ、哀憐へわれら

幸福《かうふく》の概念すこし異なれるわれらがほとり壮年期過ぐ

残照

ゴールテープ切らむとしつつ振り向けば風がくるくるわれを吹きたり

守り来《こ》しものがいつしか柵《しがらみ》になりゐつ遠きところへ行かむ

山山は千歳緑《せんざいみどり》ゆれながら列車にわれの運ばれてゆく

仮定形に思考あそばせゐるときを列車の揺れの容赦なかりき

内海《うつみ》とふ町の名やさし幼き日入りにし父の胡坐《あぐら》のやうに

運不運ありやあらずやふつくりと蓮のつぼみの太り肉《じし》なる

視線いざなふやうな山ありレンタカーに見知らぬ町を駆け抜けるとき

いくつS字のつづく坂道ひといきに上り来《きた》りて海を見下ろす

藍淡き日の暮れ方のホームさびし居るはずのなき人影さがす

待ちてゐる一人《ひとり》のあれば暮れ方をわれも列車の乗客となる

残照がうすれゆき全《また》く闇となる刻刻《こっこく》をおのもおのもの平和

忘れねばならぬ過ぎゆき忘れてはならぬ過ぎゆき車窓をよぎる

闇が来て闇が去りゆく繰返し、列車は町を遠く離れつ

後方へ去りたる闇がひとひらの紫斑《しはん》のやうな残像むすぶ

虹

きみを吹く風ともなれずくるくると回《めぐ》らしてゐる赤い雨傘

宵宵《よひよひ》を灯《とも》す食卓いくたりが集へば円《まど》かな影を宿せる

ここに見てかしこにも見て平凡な昼のひかりの中を　紋黄蝶

つめ草の押し葉ひそかに挿みおく手帳に生母の居所《きよしよ》をしるして

もろともに流れてゆかばわれも魚《うを》、あをき川のへ列車に渡る

螢草《ほたるぐさ》、藍花《あゐばな》、青花《あをばな》、帽子花、露草百の夜《よ》をあなにやし
過ぎゆきを消すすべなくて逃れこし町に紫あけびの一顆《いつくわ》
基部すこし崩れてあはれ立つ虹のなほ幸せの幻を見す

始発電車

雨粒《あまつぶ》が葉を揺らしをり風のみにあらざり小《ち》さきを揺りてゆくもの

枯れきざす鉢の紫陽花おのづから紫すぎて紅《こう》の差せるを

六月の大木《おほき》の梢に縮《ちぢ》まりてか黒《ぐろ》くなりて残る去年《こぞ》の葉

容赦なき辛辣《しんらつ》さはやひりひりとぴしぴしと夏来《きた》る大根《だいこ》に

茜さす紫紺に光《て》れる初生りの茄子焼くときのわが嗜虐性

心底《しんてい》のいささか澱み来《きた》れりと朝起きしなを白湯《さゆ》ながしこむ

＊
＊
＊

凛凛《りんりん》と冷ゆる朝《あした》の容花《かほばな》の端然《たんぜん》として紫ひらく

実をつけぬ庭木のオリーブ密かなる悔恨ありやあらずや秋を

幼子《をさなご》が歩めば小《ち》さくわが踏めば大き音立て騒ぐ落葉ら

風に乗りて来《こ》し楓《かへるで》のもみぢ葉のフェンスの網目に掛かりて震ふ

日の暮れ際《ぎは》のやうな朝なり朽葉《くちば》色の朝なりいかに始めむけふを
木枯しに遊ばれゐたる紅葉《もみぢば》の飛翔す鳥のごと中空《なかぞら》を

＊
＊
＊

始発電車の音つと聞こゆ絶望と希望を刻む音とし聞こゆ

一木《いちぼく》の落葉《おちば》しをへて安らなる聖夜を遠き街の灯の見ゆ

透きとほる大根の上《へ》に重ねゆくサーモンの朱《あけ》、貝割れの青

鬼すだれもて巻きしめし伊達巻の渦落《うづ》ちつきぬ年かはる夜を

旧姓に戻りたる娘《こ》の激しくも燃ゆべきは燃えつきにたりしか

毛管のごときを空に晒し立つ冬木かなしきまでに美し

* * *

理想ちひさく掲ぐるごとく咲き出でし犬のふぐりに風寒く過ぐ

ピンセットもて拾ひゆく風折《かざ》れの孫枝《ひこえ》みながら小《ち》さき瘤もつ

いちまいの花びらとして散るさくら花でありしを花の終りは

さながら有刺鉄線のごと裸木《はだかぎ》の芽立ちつんつん、大空を刺す

何《なん》のうねり春甘藍《はるかんらん》の葉のうねり意味あるごとく意志あるごとく

揺れ光る若葉のあひに影のごと去年《こぞ》の葉のありいつまでをある

＊
＊
＊

植ゑかへて二年ののちを夏雲の色に咲きたり額紫陽花は

馬鈴薯に臍《へそ》のあること知りたれば楽しかりけり皮剝く作業

見えてゐし街が見えざり街とわれとの間あふれんばかりの青葉

風を泳ぎて爽《さは》やぐ青葉おほぞらへ千の歓声ひびかせにつつ

この秋は栗飯《くりめし》炊かむ娘《こ》のために娘のかなしみの嵩《かさ》の栗剝き

始まる終はる始める終へるかくしつつ始まりのなき終りに入らむ

再びの

ゆめうつつ境ひて雪の降りにつつ睦《む》月《つき》尽《じん》日《じつ》別《べつ》時《じ》愀《しう》然《ぜん》

＊
＊
＊

うすうすに睦《むつ》まし月《づき》を六《む》つの花ことしも降れり今年は積まず

錯覚より始まるといふ愛恋の夢にゆめ見るごとくにありき

去りたると残りたるとに再びの一月ハーフトーンに暮れぬ

* * *

二月の夢にふと入り来《きた》りつと去りし人はるかなる時空を淩《しの》ぎ

紅梅に雪が降りをり娘《こ》の暮らす東京を寒波襲へりといふ

寒からむ裸木に二羽の鳩しづかあちらの枝とこちらの枝に

重ね着て重ね履きして遣りすごす衣更着《きさらぎ》　どこに春は潜める

小草生月《をぐさおひづき》めぐりて二歳になれる児の父の記憶の有りなし知らず

＊＊＊

三月一日春一番の激しくも冬を引き去るごとくに吹けり

帰りこぬ人をも家族の一人とし数へ上げをり四歳なるが

胡椒《こせう》の空き瓶すすぎて待てり花《はな》つ月児《づき》が小さなる野花つみくる

初蝶の黄の淡淡《あはあは》とさはさはとわれの視界を浮遊しゆけり

弥生《いやおひ》の月いやをちに思ひをりこれでよかつたのだらうか

＊
＊
＊

潰《つひ》えたる夢の薄片《はくへん》ふらすごと夢見草《ゆめみぐさ》ちるは美しかりき

熱の児と腹下しの児と咳の児と四月、蟄居《ちつきよ》の虫のごとをり

わたしの家には父がゐないと児の言へり静かに礫《つぶて》うつごと言へり

炒り上げて真砂《まさご》のごとき卵の花に潮干《しほひ》の浅蜊かへしやらむか

苺の色のランドセルの児いちご咲くほとりに今日は振り返らざり

＊＊＊

萌ゆべきは全《また》くし萌えて空のした青際《きは》やかに五月はじまる

ロール紙の芯もて作りし鯉のぼり竿にくくらむ割箸の竿

捕らまりて鳴かざる蛙かたときを児の手にゐしがつと跳躍す

幸月《さちづき》がつづまり皐月《さつき》になりしとふ「ち」は父《ち》にあらむ三人《みたり》の児らに

走り梅雨なり昨日も今日もぐづぐづと怠りゐるを時の消えゆく

＊＊＊

日に添ひて短くなりてゆく夜を惜しむと明かす六月の来ぬ

丸まりて咲く紫陽花がおしつつむ千の歓び千の哀しみ

トマト病みぬ尻腐《しりぐさ》れ症なり青やかに円らに肥立《ひだ》ちつつありたるを

灯ともしごろを点《とも》せるごとし梅雨ながら空ささやかに夕焼けてをり

天雷の自省うながすごとき音はたして響《とよ》む鳴神月《なるかみづき》を

* * *

七夜月《ななよづき》七日《なぬか》の宵を身二つになりて見しゆめ七色なりき

美しき若竹なりき伐られけり梅雨前線うつろへる日を

思はず知らず旧姓に名を書きゐしと六歳の児の祖母われに告ぐ

二百余の四大空《しだいくう》に帰《き》せしめて雨上がるなり空墜《お》ちざりき

夜すがらを回りつづくる扇風機の影、怪怪《くわいくわい》と天井を占む

＊＊＊

「豪雨と猛暑」とほいむかしの中国の両雄ならび立てるごと　夏

高校野球うつすテレビの片すみに高温注意報のテロップ流る

はてわれは幾つになりし筆算に齢《よはひ》たしかむ八月の来て

夏風邪が喉をさいなむ幾日か春日井建の死を思ひをり

枯茶色《からちやいろ》の向日葵なりき花びらの二三片が折れ曲がりゐき

＊＊＊

ほしいまま空駆けめぐる雷神《らいじん》の足音《あのと》かけたたまし停電の夜を

どの径《みち》にさ揺らぎゐたる穂に出《い》でて間《ま》なき猫じやらし児が摘みてきぬ

離婚とふ言葉をいつか知りし児の離婚せしゆゑ父がないと言ふ

児が見しは羊雲はた鰯雲もこもこがいつぱいと両手を展《ひろ》ぐ

長雨《ながめ》ながつき降りみ降らずみ晦日《つごもり》のけふ台風の来向かひにつつ

＊
＊
＊

山の辺に避暑をすといふ赤とんぼ下りて来《きた》らず暑の去りたるを

突《つ》つ伏《ぷ》して亡骸《むくろ》の母に詫《わ》び言《ごと》を言ひゐる兄の夢になまなまし

ふと見れば木木の葉いたく傷《いた》みをり日和さだまりこし十月を
膨らみてゆくは誰《た》が影すぼまりてゆくわが影と夢に対峙《たいぢ》す
みづからの目に映らざる心奥《しんあう》をあはれまざまざと夢が見すらし

＊
＊
＊

朝まだき木も眠れるか無我忘我《むがぼうが》ただ大いなる黒影《こくえい》として

目覚めたる眠《ねむ》り草《ぐさ》また眠らせて児は登校す寒きあしたを

合成染料まぶせしごとき黄蝶なりき十一月の木《こ》の間に消えし
今し眠りに入《い》らむをふいにしくしくと心根《こころね》痛むとふことのあり
威嚇する姿勢たもちて蟷螂《たうらう》の苺畑を死処《ししよ》とし死せり

* * *

告別式の案内《あない》看板にわが知らぬ人の名を知りぬ師走ゆきずりに

憚《はばか》りて教へざりしに二歳なる児がお父さんとふ言葉を発す

はるか時空を遡るごと渓谷のふところ深きへ入りゆきにけり

欲しきもの記せし紙片が薄雪《うすゆき》のごと三人児《みたりご》の聖樹を飾る

十二月二十九日の早暁《さうげう》の町に雪降る事件のごとく

背高泡立草

霧こむる朝なり一つうしろかげ霧の彼方へ霧を分けゆく

現《うつ》し世になに見残せし窓を背に父は逝きにき月日《つきひ》も知らに

庭隅《にはすみ》のオリーブの木の鵯《ひよどり》の空き巣に鎮座まします鳩が

時ならず咲きて寂しき蒲公英の花色み冬づく真日《まひ》の色

到来物《たうらいもの》の渋柿いくつ青空に灯ともすごとく吊し終へたり

レントゲン写真に巨人の肋骨を見てゐるごとし夜の白雲《しらくも》

＊＊＊

冬の来てまた読み返す『句歌歳時記』ソースの染みの乾《から》びて残る

蝋燭の炎先《ほさき》のごとく蕾みたる山茶花に冬さざんくわの冬

職退《ひ》きて久しき夫《つま》が声高に物申しをり一人テレビに

冬日しづかに渡れる午後を二羽の鳩フェンスの上に羽《はね》休めをり

道すがら枯れ草数本ちひさなる花束のごと捧げもつ児は

薄き影ひきて黄蝶のさ迷ひて来しは一昨日《をととひ》けふ寒波の来《く》

＊　＊　＊

神に耳ありやあらずや一日を始むと祈る終へむと祈る

霜白きフロントガラスに誰《た》が描《か》きしへへののもへじ、泣き面《つら》となる

初産を終へし娘《こ》見舞へば潤みたる娘の瞳《め》の中のわれゆらゆらす

午後はひとり映画を見つつ在りし世をかりそめに生く余人の生を

突《つつ》けば微塵《みぢん》粉《こ》つ灰《ばひ》とならむまで枯れて背高泡立草が立つてゐる

亡き父母が折りふし入り来て過ごしゆく夢の中なる時間、いつまで

枕詞に導かれて

茜《あかね》さす

日、昼、照る、君、紫

春の息ざしまだか細きに茜さす紫外線量テレビは報《しら》す

蒲公英もなづなの花も茜さす昼を萎《しを》れぬ子が摘みこしに

茜さす照る照る坊主いく日を吊られてゐたる睛《め》のなきままに

茜さす日差しもろとも蟬声《せんせい》のどつと入り来つ朝の窓より

茜さす日回《ひまは》り草《さう》のひともとは風を見送るごと立ちゐたり

何処《いづこ》より来《きた》りて何処へ去りゆける秋茜あかねさす日に紛れ

二度鳴りて鳴り止む電話あかねさす君がこれから帰ると知らす

秋草《あきくさ》の

結ぶ

秋草のむすびの三角ゆがめるを食《たう》べぬ心のかたちのやうな

秋草の結び目ゆるき糸なりき赤色なりしが程なく切れぬ

秋草の結んで開いて手を打つてまた開く手の小《ち》さき蒙古斑《もうこはん》

秋草の結べる夢に忘れたき人の入りきてヒロインつとむ

秋草の結びの七音《しちおん》さだまらぬ一首に倦《う》みて泥《なづ》みて幾日《いくか》

足引《あしひき》の

あしひきの山折りばかりの幼児《をさなご》の折り紙あそび何できあがる

つつがなく父のいまさば足引の山独活《うど》とどけくれむころなり

山、峰《を》

あしひきの山桑の実を食《たう》べゐる夢中口中濃き暗《あん》紫《し》色《しょく》

風呂沸かす火の焚き口に足引の山栗ふたつみつ焼《く》べしよ兄と

足引の山鳥の尾のながながと列なす車、 町を包囲す（大型商業施設オープン）

天伝《あまづた》ふ

日、入日

天づたふ日が見え隠れしてをりぬ空のかくれんぼ誰が鬼なる

天づたふ御日様まるく真つ赤なる子の絵のパンダ、リス直立す

天づたふ日照り雨ふる明色《めいしよく》の雨なり僥倖《げうかう》のごとき雨なり

天づたふ日は照りながら日照草《ひでりさう》しづかにけふの花終へにけり

天づたふ入日《いりひ》大円《だいえん》赫赫《かくかく》と迫りてフロントガラスを覆ふ

昼が夜に移りいゆくを天づたふ入日なみだの色のくれなゐ

新玉《あらたま》の

年、月、日、夜、春

新玉の春支度とどこほりなく終へて果てしの夜をゆかせるばかり

九十五歳の母なりいかにおはすらむ新玉の年さむくし明けぬ

七十年を逢はざる夫《つま》と夫の生母あらたまの夜をわが夢に逢ふ

新玉の年の始めの大凧揚げ武者絵の武者を風がいたぶる

あらたまの日常ゆ非日常へゆきしか戦場ジャーナリストは

あらたまの月沈むはるかな異邦なれば委細は知れず死のあとさきの

鯨魚取《いさなとり》

いさなとり海とふ文字に忍びゐる母われ深深《ふかぶか》と愛せしか子を

寂しくて点けたるテレビはいさなとり海洋散骨するさま映す

海、浜、灘

最終の住処《すみか》とならむいさなとり海風の吹く町、坂多し

製鉄工場の煙突いくついさなとり海手は烟《けぶ》る夜をしらしらと

現人《うつせみ》の・空蟬の

身、命、世、人

うつせみの命数《めいすう》尽きし夏蟬のむくろ見て過ぎぬ往きも帰りも

就活中の男《を》の子にあらむ終活中のわがうつせみの身と乗り合はす

うつせみの人なるわれの視野のなか沈《ちん》思《し》黙《もく》考《かう》すなるカマキリ

始まりも終りもひとりうつせみの人われ未生以前も以後も

うつせみの総身こころと化しゐたる日の暮れ方を風の感触

うつせみの世を去りゆきて久しきに折ふし夢に入り来る父母は

草陰《くさかげ》の

「あら」「あの」などの「あ」

草陰のあのただならぬ光景の中に夫ゐき近寄りがたく
草陰のあらあらかしこの女文字ペン先走りて左に傾《かし》ぐ

生き物の生きのいとなみ止むとなき草陰のあの蟬の斉唱

草陰の荒草《あらくさ》のへに子が守る小さき塚あり蟬どち眠る

草陰のあらずもがなの来し方の某月某日ふと明るめり

白妙《しろたへ》の

衣、袖、紐、帯、雲、雪など

しろたへの飛行機雲のま直《すぐ》なる二すぢ終《つひ》に行き逢はざりき

抽出《ひきだ》しの中なる天地さかしまにして白妙の衣更へ終ふ

あかときを生《あ》れて小さき白妙の雲押し上げて湧き立つ雲が

しろたへの雲の一群《いちぐん》ぬき去りて乱心のごと走る黒雲

しろたへの袖波草《そでなみぐさ》とこんじきの背高泡立草を風の過ぐ

しろたへの襟首いたく擦り切れし夫《つま》のシャツもて拭く冬の窓

しろたへの雪月《ゆきづき》雪降りわが背丈こえて積もれりとふ故郷に

玉かぎる

夕、日、ほのか、はるか

この子娘《こ》の子か娘かふと惑ふ玉かぎる仄暮れどきを菜の花畑に

朝の間を笹の葉先にひとつづつ露玉《つゆだま》ひかる玉かぎる日に

玉かぎる夕さり夕映え小さなる厨《くりや》の窓の小《ち》さき荘厳

美しき羊雲あり玉かぎる遥かな空の一些事《いちさじ》として

玉かぎる日和よろしみ秋茜つとわれに来てつとわれを去る

玉《たま》の緒《を》の

絶ゆ、継ぐ、思ひ乱る、短し、長し、うつし、間もおかず

生母《いろは》に逢へど散りぬるこころ玉の緒の絶えたる縁《えにし》と言ふなり夫《つま》は

玉の緒の長き来《こ》しかた玉の緒の長からぬするゐいづれ茫茫《ばうばう》

玉の緒のうつし身の死が書かれゐむ最終章は読まず閉ぢにき

玉の緒の間《あひだ》もおかず鳴る耳のしやあしやあじいじいみんみんかなかな

玉の緒の継ぎ当てをすと亡き母は徳利《とくり》に靴下覆《は》かせいましき

玉の緒の思ひ乱れてうつうつと眠れば夢に帰路をうしなふ

玉の緒の長き夜なりき切れ切れの眠りに眠りいくつ重ねし

乳《ちち》の実《み》の

父

己《おのれ》のごときものがとふいに言ひ出でて言葉を呑みし乳の実の父

うしろ影どこか寂しき乳の実の父を追ひかけて歩みし数歩

母のこと度度《どど》いとほしと言ひながら独《ひと》りし逝《ゆ》きし乳の実の父

乳の実の父の日にわが贈りたるネクタイ下がりをりき衣桁《いかう》に

ちちのみの父の忌日《きにち》もははそばの母の忌日も忘れて久し

露霜《つゆじも》の

秋、置く、消《け》、古、過ぐ

つゆじもの秋おぼつかな尋ぬべき夫《つま》の生母のありやなしやと
行きゆきて辿り着けざるつゆじもの過ぎにし昔ほとほと遠し

つゆじもの古家《ふるいへ》数軒、路地裏は時代の忘れ物のごとあり

母が持ちその子も持てるつゆじもの消《け》残る記憶の細片いくつ

つゆじもの置かれたる手のぬくもりが背に残りをり夫《つま》の生母の

つゆじもの置きてこし子に逢ふ夢のはかなを抱《いだ》き逝きたまひしか

射干玉《ぬばたま》の

黒、夜、月、暗き、今宵、夢、寝、妹

家路を急ぐ春の靴音ぬばたまの月人男《つきひとをとこ》が行くにあらずや

ぬばたまの黒色《くろいろ》が好きどの色にも染まらぬゆゑに好きと言ふなり

膾本のわが子の欄の除籍とふ文字さびしめり射干玉の夜は

ぬばたまの黒蟻むらがり集まりて蟬の死骸《しがい》を食《た》べゐたりき

雄《をん》を食《た》べし鎌切ならむぬばたまの暗き朽葉《くちば》の色して不動

ぬばたまの夢見よろしき十二月朔日《さくじつ》あかつき亡き母のこゑ

ぬばたまの夜を降る雪のしんしんと果無《はかな》のうへに果無を積めり

われも見むこの世の果てのぬばたまの夢は花野《はなの》か枯野《かれの》か知らず

柞葉《ははそば》の

遺《のこ》されし柞葉の母ひとりして唱歌を歌ひをりき或る朝

柞葉の母が歌ふを二度ばかり聴きしのみなりその生涯に

母

膝立てて目瞑《つむ》りいます柞葉の母のなきがらいつものやうに

サルビア赤いぽつぽつ赤い柞葉の母の花壇に母あるごとく

他人として生きて来《こ》しなりわが夫《つま》とその柞葉の母なる人は

久方《ひさかた》の

天、空、月、日、昼、雨、雲、星、鏡

ひさかたの鏡の面に亡き母の面影うつる否《いな》、われの顔

蟬声《せんせい》かわが耳鳴りか久方の昼の聴覚器にぎはしかりき

フロントガラスに来て憩ひゐる久方の天道虫にふいの雨降る

ひさかたの月草《つきくさ》つつましやかに揺る刈らねばならぬ雑草《あらくさ》の間《あひ》

赤蜻蛉《あかとんぼ》どの軒下にひさかたの雨止《あまや》み待ちて潜みゐるらむ

感嘆符ふりくるやうな久方の空より霰の零《こぼ》れては跳ぬ

ひさかたの日日を増殖していゆく肝斑《しみ》、皺《しわ》、白髪、そして死の影

冬籠《ふゆごも》り

春
張る

打ち靡《なび》く

黒髪
草
春

陽炎《かぎろひ》の

春
燃ゆ

冬ごもり春なぐさみの蜜柑釣り　縫針、ガス糸、母笑《ゑ》ます顔

冬ごもり張る首筋のしくしくに痛むあしたを雪の匂へり

二月はいつも風花舞へり冬ごもり春待ちがてに父の逝きにし

冬ごもり春来ぬ春のうすぐもり屈《かが》まり対《むか》ふ犬のふぐりに

いつよりがわれの晩年うちなびく黒髪痩せて来《きた》りぬいつか

うちなびく草色の画布ひろげたるやうな春野に蒲公英いくつ

かぎろひの春の雨降る七曜の始まりの朝をはりの夕べ

白木蓮《はくれん》の落花一片《らくくわいつぺん》かぎろひの春の果てしの陽《ひ》が荘厳す

真澄鏡《ますかがみ》

清し、磨ぐ、向かふ、掛く、面、影、床、蓋など

起き出でて明かりともせば真澄かがみ影揺れ動くわが不可分物

わが夫《つま》の心の奥のますかがみ蓋かたくして開かざる部分

選挙カーけふも来《きた》りて真澄かがみ清き一票をと連呼しゆけり

かくれん坊の鬼の足音《あのと》にますかがみ床のへ居竦《すく》まりてをり児は

病《やまひ》を得しと告げきたる娘《こ》に真澄かがみ掛けやる言葉のいくつもあらぬ

真澄かがみ面取りしゆく親芋にあはれ芋の子つきてゐし痕《こん》

訪れむ哀楽いくつ真澄かがみ向かひ合ひたるわが残暦に

雑煮餅あすは搗《つ》かむと真澄かがみ磨ぎ汁さはに米磨ぎにけり

水篶刈《みすずか》る

信濃

みすずかる信濃高遠《たかとほ》さゐさゐと花人《はなびと》われのなにに苛《いら》るる

みすずかる木曽節うたふ亡き父の声するやうな良夜なりけり

群肝《むらぎも》の

心

群肝のこころ屈託なくあらな六月は憂し、六月は雨季

むらぎもの心拍音が喉《のみど》より飛び出しさうな悲しみに坐す

言ひそびれたる言葉のいくつ群肝の心底に積む根雪のごとし

むらぎもの心置きなく言ひ合はば手負ひとならむ夫《つま》もわたしも

女《をみな》われ老女《おうな》となれるを群肝の心火ともすれば燃え立たむとす

むらぎもの心覚えに書き留めしことさへ忘る斯《か》く老いづきて

むらぎもの心の重しのやうなもの負ひて歩める蝸牛《かたつむり》われ

若草《わかくさ》の

夫、妻、新《にひ》、若し、思ひつく

若草の新葉《にひは》かたみに挨拶を交はしゐるごと揺れをり風に

わかくさの夫《つま》老いぬれば寂しさを遣らふと大き嚔《くさめ》を放つ

わかくさの新郎新婦の写真なりき書棚の上に伏せられてゐき

実をひとつ育てつつある若草の若木《わかき》のオリーブ影さだまらず

しづかなる雨夜となりぬ若草の夫婦別れの話ののちを

若草の若くしあらねば降り出でて項《うなじ》にかかる雨をやさしむ

若草の思ひつくまま歩み来て真実ゆきたき場所見つからぬ

あとがき

わたしは不器用に生きてきました。大人ぶる、母親ぶる、良妻ぶる――「ぶる」ということが気恥ずかしいのです。人々が集う場では、孤独感や違和感を覚えてしまいます。

ひとり、心静かに言葉を探し、言葉を紡いでゆく時間が好きです。わたしが、わたしらしくあることができます。

作歌を始めて三十年余り、専業主婦という平凡な明け暮れが、短歌によって明るくされてきたように思います。

歌集を編む機会をつくり、骨折りをしていただいた東京図書出版のみなさんに深く感謝します。

玉井　紀子（たまい　のりこ）

1955年　飛騨白川郷に生まれる
1988年　作歌を始め、中日歌壇にて岡井隆氏の選を受ける
2001年　同人誌『短歌』に参加、春日井建氏に師事する。春日井建氏亡きあと『井泉』に参加する（2004年から2010年まで）

歌集　たまゆらの夏

2024年10月11日　初版第１刷発行

著　　者　玉 井 紀 子
発 行 者　中 田 典 昭
発 行 所　東京図書出版
発行発売　株式会社 リフレ出版
〒112-0001　東京都文京区白山 5-4-1-2F
電話（03）6772-7906　FAX 0120-41-8080
印　　刷　株式会社 ブレイン

ISBN978-4-86641-794-3 C0092
Printed in Japan 2024